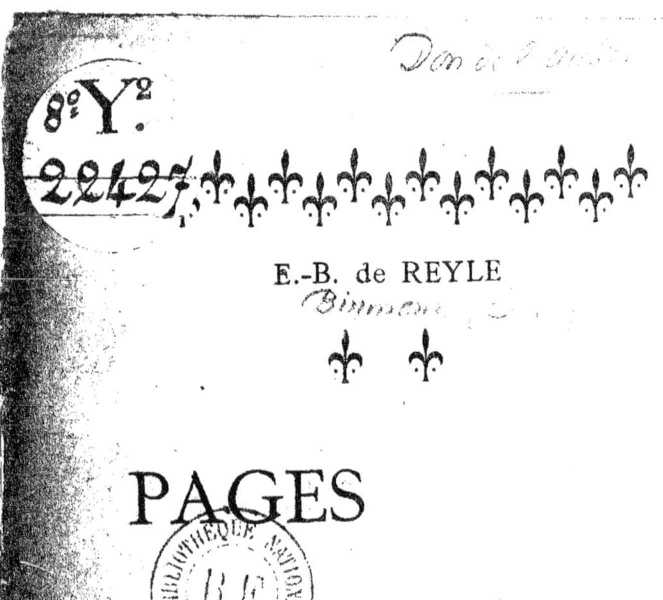

E.-B. de REYLE

PAGES D'AMOUR

chez E. Molouan
46, rue Madame
PARIS

E.-B. de REYLE

PAGES D'AMOUR

Vie . Inutile Souffrance
Simple histoire . Le Poète . Orientale
Rose d'antan . Ne pas savoir

PARIS
1902

Du même auteur

LA HALTE DIVINE, Poésies
LES EMBRUNES, Poésies

—

Sous presse

ATLANTIS, Poème

PAGES D'AMOUR

Vie

C'était, au sommet d'une colline grise & morne, un très ancien & très triste château des Vosges, où se consumait lentement la jeunesse condamnée de Madeleine parmi de vaines distractions : la harpe qu'elle n'effleurait que d'une main distraite; les pastels qui ne traçaient sur le papier que de vagues & étranges arabesques où le coloris seul créait des paysages de rêve & d'hallucination ; le grand parc où, lasse avant d'être fatiguée, elle errait sur les vastes pelouses pleines d'herbes aux rudes aromes, sous les allées ombreuses que traversaient les doux effluves des tilleuls en fleurs; la chapelle où elle rêvait en l'ombre exaspérante & mystique que rayait brutalement le faisceau multicolore tombant des vitraux anciens.

Car Madeleine était rongée par l'intime vampire d'un mal étrange & mystérieux que la science avait renoncé à définir, maladie sans nom & sans remède qui la menait lentement & sûrement vers l'ombre. Elle connaissait sa trop brève destinée & ne cherchait pas à vivre avec plus d'intensité les jours comptés qui lui appartenaient encore ; seule, une mélancolie profonde & un regret sans révolte faisaient à tout son être comme une auréole de deuil & elle passait, muette & grave, au milieu de l'affection apitoyée de ses parents & de la douleur familière qui les hantait sans répit.

C'était pour leur unique enfant qu'ils s'étaient retirés, comme cloîtrés, en ce manoir féodal, où elle échappait à la vie fiévreuse des villes, où les ondes vivantes des bois, des prés, de l'air sain des montagnes retardaient un peu l'échéance fatale & leur tendresse entourait d'un réseau d'amour la pâle jeune fille.

O

Un jour pourtant, il se fit un changement dans l'existence monotone du vieux château.

Le fils d'un camarade de jeunesse du père, depuis longtemps séparé de lui par les courants de la vie, mais à qui il avait toujours gardé une sincère affection, vint, à l'occasion d'un voyage dans les Vosges, demander quelques jours d'hospitalité joyeusement accordée.

Et ce fut une apparition toute nouvelle que l'arrivée de ce beau jeune homme plein de vie & de force dans le salon aux hautes fenêtres & aux poutres semées de clous dorés, au milieu de ces trois figures si différentes entre elles, mais marquées toutes trois du sceau indélébile du deuil & du regret. Et le vaste salon résonna de paroles nouvelles qui n'y avaient jamais été entendues & un flux de pensées, assoupies jusqu'alors dans la pénombre du rêve, traversa les trois âmes endormies qui n'y avaient jamais rien fait que bercer leur douleur.

Pierre, vibrant & enthousiaste, tantôt récitait d'une voix bien timbrée de rêveuses & musicales poésies dont il avait jeté l'idée, or pur de sa pensée, dans le creuset magique du rythme, tantôt discourait avec une flamme aux yeux des hautes destinées de l'âme : il évoquait, en des visions surnaturelles, l'entrelacement des orbes sidéraux à travers l'infini, faisait éclore la vie sur les mondes, suivait les âmes dans la multiplicité de leurs déclins & de leurs renaissances, jetait comme un pont mystérieux entre les morts & les vivants, s'élevait d'un coup d'aile jusqu'à la Divinité tout-aimante & tout-créante, & chantait une hymne inspirée à la Vie, à la Vie éternelle, à la Vie infinie !

Et la harpe se reprit à vibrer de nouveau par les salles silencieuses jusque là & les pastels fixèrent de vivantes & réelles fleurs sur le papier & les allées se parèrent d'une vie nouvelle, prodigieuse, qui émanait de l'âme même des hôtes du château....

Les heures, les jours s'écoulèrent & Pierre ne repartait pas. Créateur involontaire, il avait fait éclore au souffle de sa vie l'âme jusque-là morte de Madeleine &, insensiblement, entre ces deux jeunes cœurs naissait le lien tout-puissant de l'amour, & la tige souple & robuste qu'était Pierre s'inclinait peu à peu vers Madeleine, rose pâle dont le délicat parfum s'élevait vers lui.

Et maintenant les nuages disparurent du front de ceux dont l'âme s'était obscurcie au contact de l'ombre que répandait naguère celle de Madeleine, car elle était l'âme de ces âmes &, de nouveau, une éclaircie de joie illumina le vieux manoir.

Les deux jeunes gens s'égaraient de longues heures dans les allées du parc & Madeleine ne se lassait pas d'écouter Pierre dont le souffle créateur faisait naître mille sensations inconnues en elle ; suspendue à son bras, elle renaissait peu à peu & se fondait toute en cette vie puissante & lumineuse.

O

Un matin, le soleil n'était pas encore levé & leur promenade matinale les avait amenés à la terrasse qui enclosait le parc au levant & d'où la vue s'étendait sur le magnifique panorama de la vallée.

Des brumes légères montaient des terrains bas, où, tel un serpent d'argent, courait la rivière aux courbes capricieuses; droite, dans l'air calme, s'élevait la fumée des chaumières où se préparait le repas matinal des paysans &, pâles & d'un gris d'acier, se dressaient au loin les collines & les rochers, nettement découpés sur le ciel blanc que teintait déjà d'orange le jour à venir. Pleins d'un pieux recueillement, ils s'étaient, d'un même mouvement, arrêtés au petit mur qui fermait la terrasse & sans qu'une parole sortît de leurs poitrines oppressées par l'approche de l'auguste mystère, ils restèrent la main dans la main en face de la nature à son réveil. Par d'insensibles degrés, la teinte rouge de l'orient s'accusa, puis des taches lumineuses ensanglantèrent les plus hauts sommets & enfin l'astre surgit, splendide, en face d'eux inondant la vallée de ses rayons bienfaisants. Madeleine, les yeux baignés de larmes, appuya sans rien dire son front blanc sur l'épaule de son ami & leurs lèvres se rencontrèrent & restèrent longtemps & ardemment unies...

Et, sans ajouter un mot à l'ineffable aveu — leurs cœurs débordants d'amour se comprenant aux effluves harmonieux d'une identique sympathie — ils revinrent au château, pleins d'une joie pesante comme un chagrin, & portant, ineffaçable, sur leur front le signe mélancolique de l'amour.

Ce jour même, Pierre & Madeleine révélèrent aux parents leur désir de s'unir pour toujours.

Les principales difficultés furent facilement résolues : le mal qui rongeait Madeleine semblait inexplicablement arrêté dans son cours ; l'indépendance de Pierre, que nulle nécessité n'obligeait à suivre une carrière déterminée, lui permettait de se fixer au château, afin d'éviter à sa femme le séjour mortel pour elle des villes ; l'affection réciproque des deux jeunes gens ne permettait pas d'hésiter & par-dessus tout, les parents de Madeleine ne songèrent pas un instant à contrarier leur enfant & conçurent peut-être l'espoir d'une guérison définitive, d'un miracle d'amour.

« J'aime Madeleine depuis toujours ! disait Pierre, c'est vers elle qu'allaient depuis que je respire les pensées de mon âme & les élans de mon cœur ; avant de naître à ce monde, elle fut mienne dans les existences déjà vécues ; je retrouve aujourd'hui l'épouse perdue. nous nous sommes reconnus sans nous le dire, nous nous sommes compris sans nous parler, nous renouons la chaîne de notre union interrompue. De grâce ! ne déflorons pas notre joie divine par les cérémonies surannées d'un culte & les réjouissances vulgaires où se complaît la foule ! »

O

Pierre & Madeleine sont époux ; l'amour a fondu leurs destinées en une seule &, tout entiers au chant divin qui s'élève de leurs cœurs à jamais unis, ils ne voient pas que la tristesse a de nouveau envahi le vieux manoir; eux seuls vont, la main dans la main & les yeux dans les yeux, au milieu de la sombre affliction qui de nouveau couvre de ses ombres le front des parents de Madeleine & celui du père de Pierre, accouru pour quelque temps auprès de ses enfants.

Car le sinistre vampire qui rongeait la vie de Madeleine n'était qu'assoupi, car elles étaient éphémères, les roses magiques que le verbe semeur de l'aimé avait fait éclore parmi les neiges du visage de la condamnée. Et les vieillards voyaient avec terreur que le monstre inconnu qui avait résisté aux assauts de la science comme aux incantations de la prière, n'avait été qu'imparfaitement vaincu par l'amour, & qu'il faisait une nouvelle victime, car Pierre, à son tour, était gagné par ce mal étrange & sa force se désagrégeait, semblable à une roche minée par les eaux.

Un soir que les deux époux allaient, étroitement enlacés selon leur coutume, par les sombres allées du parc, Madeleine confia à Pierre qu'une vie nouvelle avait tressailli dans son sein.

« O bien aimé ! disait-elle, quelle joie ineffable & divine ! Je sens le tressaillement de ta vie, de ta vie si noble agiter ma poitrine. Deux cœurs, ô bien-aimé, battent en ce moment en moi & pleins tous deux d'amour pour toi ! »

Dès lors, leur tendresse devint encore plus ardente, mais ils ne tardèrent pas à s'apercevoir de la marche rapide du mal qu'ils lisaient en leurs yeux où mouraient les lueurs de la vie & l'un contemplait sur le visage de l'autre sa propre pâleur.

« Nous marchons vers la tombe, mon âme, disait Pierre, mais il faut que quelque chose de nous survive. Qui sait si je ne me suis pas égaré dans mes rêveries, si tout ne meurt pas avec nous, si ce n'est pas folie & orgueil que de croire à la pérennité de notre être? Peut-être, lorsque nous serons couchés côte à côte dans la tombe, il ne restera de nous qu'un peu de fange & qu'un vague souvenir? Il faut que notre enfant vive! Il faut employer toutes les forces de notre volonté à aller jusque là, afin que cette substance, faite de la tienne & de la mienne, nous continue tous deux quand nous ne serons plus! »

Et toutes leurs pensées n'eurent plus que ce seul but : vivre encore! & l'on voyait clairement sur tout leur être la lutte de leurs forces psychiques contre la destruction.

Ce fut Pierre qui, le premier, faiblit dans cette lutte inégale contre la mort & il dut s'aliter peu de temps avant l'époque où devait venir l'enfant si ardemment attendu. On lui dressa son lit près de celui de sa femme, dans un chalet qui s'élevait à l'extrémité sud de la terrasse car il voulait mourir à l'endroit même où lui & Madeleine s'étaient aimés la première fois. Elle aussi, pâle fleur des Vosges, déclinait à vue d'œil & l'on se demandait si elle atteindrait même le terme de sa grossesse.

O

Lorsqu'elle sentit les premiers appels de l'être qui voulait venir au jour, tandis que la vie avançait vers cette petite créature, la mort s'empara lentement des sens de Pierre & ses premiers râles se mêlèrent aux premiers vagissements de son fils.

Effarés, les parents étaient accourus en cette demeure de rêve & d'épouvante où s'enlaçaient si étrangement les phénomènes de la naissance & de la mort & leur terreur assistait, muette & impuissante, au mystère solennel qui s'élaborait ici.

Le soleil se couchait en une splendeur de sang & ses derniers rayons frappaient, rouges & sombres, les collines de l'autre côté de la vallée, d'où le reflet de pourpre entrait par la fenêtre grande ouverte & faisait une auréole au front pâle de Pierre où la pensée se mourait.

Par une pieuse attention, l'aïeule prit l'enfant qui venait de naître & l'approcha du cœur paternel. A ce contact, il se fit un miracle... & Pierre se souleva, radieux, le regard inspiré.

« Fils de ma chair! s'écria-t-il pendant que la pâle accouchée tournait vers lui ses regards ravis où scintillait déjà une lueur d'espoir, ô fils de ma chair & de mon âme, tu vivras !... Tu vivras... C'est le néant qui est l'épouvante, c'est le néant qui est l'ennemi ! Vivre, c'est là l'inextinguible soif de tout ce qui est... De là viennent nos aspirations vers l'immortalité !... Je vais quitter ma forme terrestre & monter dans la splendeur de l'absolu, mais peu m'importe aujourd'hui de savoir si mon âme s'envolera sur des ailes mystiques vers des destinées nouvelles : c'est avec calme que je ferme mes yeux aux lumières d'ici-bas, puisque nous vivons en toi, puisque ta chair est faite de la nôtre & que tu nous continueras. »

Et, soulevant son enfant vers la caresse de la lumière, vers la bénédiction du ciel, vers le souffle frais des grands bois, vers le murmure cristallin des sources : « Vois, tout cela est la vie, ô mon fils, tu vivras ! »

Puis, sa tête s'abattit sur l'oreiller & il sembla s'endormir.

A la prière muette des yeux de Madeleine, on rapprocha leurs deux lits & ils enlacèrent leurs mains, ayant entre eux l'enfant.

Madeleine ne tarda pas non plus à s'assoupir d'un sommeil calme & doux.

Et alors que le dernier rayon du soleil mourant s'éteignait sur la plus haute cime, les assistants silencieux sentirent passer comme un souffle d'au-delà dans leurs graves méditations : immobiles &

rigides, Madeleine & Pierre avaient suivi leur étrange destinée, dont le mystère était sans doute lumineux maintenant pour leurs âmes libérées; ils dormaient, graves & beaux, leur dernier sommeil, tandis que la vie qui avait surgi de leur mort s'affirmait par un faible vagissement, cri auguste & sacré de l'Espèce qui ne veut pas mourir.

PAGES D'AMOUR

Inutile souffrance

Lentement la nuit monte de la majestueuse vallée du Léman &, tout en bas, semblables à des accidents d'un plan en relief, les villages riverains prennent déjà leur bain d'ombre ; des points lumineux percent de place en place le brouillard bleuâtre : ce sont les lumières d'Évian &, au-delà de la plaine liquide, calme comme un miroir, violacée & vaguement phosphorescente, celles de Lausanne & de Vevey. Quelques lueurs comme oubliées par le soleil, traînent sur la montagne, tandis que les pics de Memise & la Dent d'Oche émergent encore de la nuit montante, rouges comme des lingots sortant de la forge & se détachant sur le ciel pâle, où paraît déjà un mince croissant de lune. Un calme mystérieux s'étend sur tout le plateau, comme si la nature se recueillait pour la mort du soleil, silence majestueux rompu seulement par le murmure du torrent voisin & par le craquement lointain d'un chariot roulant péniblement sur la route d'Abondance.

Ici, à l'orée d'un pré, deux jeunes gens debout & se tenant par la main, profilent leur silhouette agrandie sur l'horizon presque blanc : la Jeanne, qui était « en champs » à garder les bêtes & que François est venu rejoindre un instant, vite, en courant.

— Ah ! ça ne peut pas durer comme ça, la Jeanne ! Faut nous sortir de là, nous n'avançons guère nos affaires.

— Bien sûr, mon pauvre François. Le bon Dieu sait si je veux être ta femme ; mais ça ne se peut pas comme ça. Tu n'as rien, moi non plus, &, à rester, toi valet de ferme, moi gardeuse de bêtes, nous ne gagnerons jamais de quoi acheter un peu de bien, de quoi tenir une vache & quelques « bêtes noires ». Il te faut aller en ville, vois-tu : ce n'est que là qu'on gagne de l'argent.

— Dieu de Dieu ! la Jeanne, moi, je veux bien, mais je ne saurai jamais me tirer d'affaire dans leurs grandes villes. N'empêche que j'y avais déjà pensé tout de même. Si je pouvais faire comme Joset, de Pierregrosse, ou comme Antoine, du Feu-Courbe, qui sont revenus avec la grosse somme !

— Vois, mon François, il nous faudrait 3000 fr Tu pourrais trouver dans les villes des places où tu gagnerais des quatre & même des cinq francs par jour ; moi, j'ai déjà 600 fr. à la caisse d'épargne, dont j'ai hérité l'an passé à la saint André, & je mettrais en plus mes gages de côté : en quatre ans ce serait fait.

— Eh bien donc, la Jeanne, c'est dit! Je vais prendre les quelques sous que j'ai à la caisse de Thonon & je pars pour Paris.

Et, après s'être encore une fois serré les mains & avoir pris sur leurs lèvres de dix-huit ans un baiser sonore, les jeunes gens se séparèrent. François regagnant à grandes enjambées la ferme de Larringes où il était domestique, tandis que la Jeanne appelait d'une voix claire ses bêtes : « Ohé! Froment, Lombard, la Colombe! » Et, dociles, les grands bœufs reprirent, sous les premières étoiles, le chemin de Saint-Paul.

Trois jours plus tard, la Jeanne accompagnait François au bateau qui, sur le lac tout éblouissant de paillettes d'argent, devait le mener à Lausanne, pour de là gagner Paris par la voie la plus économique. Quand le sifflet du *Dauphin* eut, pour la seconde fois, appelé les voyageurs, les deux amoureux s'embrassèrent avec beaucoup de larmes dans les yeux & un peu de soleil au cœur & François, son léger bagage à la main, prit place sur le bateau qui, avec des hennissements de monstre, s'ébranla, sortit du port d'Évian, vira &, majestueusement, se dirigea vers la côte suisse.

Le brave Savoyard resta longtemps debout à l'arrière, regardant se perdre peu à peu au loin, une petite chose noire qui agitait une autre petite chose blanche tandis que la Jeanne le suivait longtemps du regard, le voyant encore avec son cœur lorsque ses yeux ne le virent plus; puis le bateau lui-même devint une tache noire entourée d'un vol de mouettes — leurs illusions — & puis, plus rien... & elle reprit le chemin de la montagne, le cœur lourd & les yeux troubles.

O

Paris!

Ce fut un éblouissement & aussi une déception pour notre rustre que son arrivée dans le grand village, comme ils disent là-bas, car tout n'alla pas à souhait tout d'abord. Quelques pays lui arrêtèrent, moyennant douze francs par mois, un galetas sans air, au bout d'un escalier infect, &, dès la première semaine, il vit avec épouvante ses quatre sous se fondre au feu des fourneaux du restaurateur pour solder les maigres repas qui ne parvenaient pas à calmer son robuste appétit de montagnard, malgré la somme, énorme pour lui, qu'il tirait avec regret chaque fois du nœud de

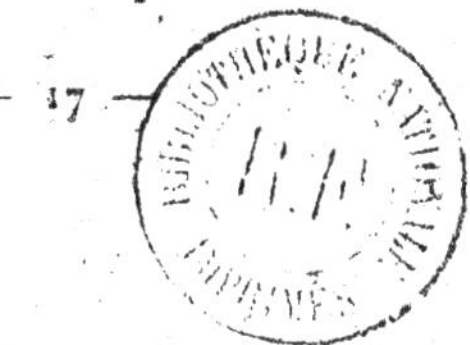

son mouchoir. Ah ! ce mouchoir à carreaux, qui de jour en jour voyait s'aplatir sa panse dodue & qui bientôt n'eut même plus besoin d'être noué, car le dernier écu était envolé depuis longtemps, que François n'avait pas encore trouvé de travail, mais était déjà titulaire d'une coquette petite dette chez le mastroquet, un Chablaisien aussi, qui consentait à lui faire crédit sur son bon courage & son robuste espoir.

Enfin, un beau matin, un de ses pays, un arrivé celui-là, un garçon limonadier — excusez du peu! — lui découvrit un emploi de plongeur, aux appointements mirifiques de 3 fr. 50 par jour, avec le logement & la nourriture. François ne se tint plus de joie & écrivit le jour même à la Jeanne une lettre triomphale :

« Dieu aidant, ça y est enfin, la Jeanne ! Un pays, Sandroz, qui est sorti d'un village du côté d'Annecy, m'a trouvé une place excellente, meilleure que je n'osais l'espérer : 3 fr. 50 par jour & nourri & logé avec ça. C'est la fortune ! Et l'ouvrage n'est pas trop dur : je n'ai qu'à laver la vaisselle & à récurer les casseroles Je vois déjà d'ici notre petit bien & les bêtes que nous y élèverons. Je suis bien heureux, la Jeanne ! »

A partir de ce jour, commença pour François une vie monotone, dans un petit réduit humide & sombre, derrière la cuisine, où, ruisselant d'une sueur à laquelle se mêlaient les buées de la vaisselle sale, il plongeait, plongeait sans répit, dans une eau chaude & grasse, & frottait d'une lavette gluante des assiettes sales, des tasses souillées, des plats graisseux Ses muscles robustes avaient des nostalgies de pioche, de « bigard » & de charrue & cette virilité puissante, ardente encore de ses luttes avec la terre, avec la vieille nourrice qui se laisse arracher par un labeur âpre & tenace les trésors de ses moissons dorées, s'émacia & s'avachit dans les buées nauséeuses de l'infect réduit où il travaillait à partager loyalement entre toutes les pièces de vaisselle le graillon banal mêlé de tous les mets, de toutes les boissons, de toutes les sauces.

Le soir, fourbu & harrassé, il dormait d'un sommeil agité dans une soupente puante d'où il dominait le théâtre de ses exploits journaliers. Mais son beau courage, son entêtement à gagner de l'argent & à conquérir la petite fortune rêvée ne l'abandonnaient pas & le soutenaient contre le dégoût : dans des rêves roses, il voyait la silhouette lourde & loyale de la Jeanne, debout devant une « câpite » rustique & pauvre chaumière de paysan se dressant au milieu d'un lopin de terre, plein d'un beau regain bien épais, qu'une vache rousse paissait en liberté...

Mais quelle fortune n'a pas ses revers? François ne tarda pas à être mal vu de ses collègues, deux voyous échoués dans la laverie d'une gargote ; car, avec une ténacité que rien ne saurait lasser, il amassait, sou par sou, le magot qui devait être la pierre angulaire de son bonheur &, grave, il se tenait à l'écart, ne buvant ni ne jouant dans ses rares heures de loisir ; ses sorties n'avaient jamais d'autre but que le bureau de poste où il allait peu à peu grossir la masse de son livret d'épargne, ou bien un tour aux Champs-Élysées afin de regarder avec une vague nostalgie les jardiniers municipaux qui, d'un geste noble & lent de fonctionnaires, fauchaient les belles pelouses vertes. Aussi des cabales d'évier se formèrent contre lui & de lâches délations chargèrent le pauvre Savoyard de tous les méfaits de la plongerie : vaisselle cassée ou fourchettes mal lavées, si bien qu'un beau jour il reçut son paquet & dut, comme Jérôme Paturot, se remettre à la recherche d'une position sociale.

O

Après un long chômage de plusieurs mois la nouvelle place se trouva enfin, grâce à mille démarches & à vingt protections.

Ce fut dans le sous-sol obscur d'une imprimerie que notre François fut admis à la délicate fonction de laveur de rouleaux : 3 fr. 50 pour douze heures par jour, mais plus de logement & plus de nourriture; un vrai désastre pour le pauvre montagnard ! Il fit pourtant contre fortune bon cœur & travailla avec acharnement, comme toujours; mais les murs noirs de sa cave se trouaient encore plus souvent qu'autrefois devant lui, en des visions magiques qui lui faisaient monter des larmes aux yeux : il se revoyait, guidant la charrue & sifflant de vieux airs chablaisiens pour exciter ses bœufs... cette crevasse, c'est le lit de la Dranse, avec ses rochers à pic & ses pentes herbues... cette tache éblouissante, là-bas, merveilleux diamant enchâssé dans un écrin de montagnes vertes & roses, c'est la cime du Mont-Blanc... & des dégoûts le prenaient, d'autant plus profonds que le but de ses efforts s'éloignait davantage dans les brumes de l'avenir, car ce ne fut plus qu'au prix des plus dures privations que François put chaque samedi retirer quelque chose de sa paye.

Il fallut écrire tout cela à la Jeanne, l'effondrement des rêves, l'anéantissement des espoirs, l'évanouissement des projets, en une lettre désolée, mouillée de pleurs & émaillée de fautes d'orthographe. La réponse ne tarda pas.

« Mon pauvre François, disait-elle, ne te tourmente pas tant, tu te noyerais dans un verre d'eau, si je n'étais pas là pour t'empêcher de couler au fond. Je suis louée chez les Vodaz, jusqu'à la saint Jean ; sitôt libre, je pars en ville & je me place comme servante & je vais gagner à mon tour de l'argent, puisque tu n'as plus la chance. Tu vois bien que tout s'arrange, quand on sait s'y prendre. »

Et il en fut ainsi. Et pendant cinq ans, s'écrivant rarement — par économie, — les deux fiancés vécurent, la Jeanne à Lyon, où elle était, aux gages de 20 francs par mois, souillon chez des bourgeois avares & mesquins, François, dans le sous-sol de son imprimerie, promu à la haute paye de 3 fr. 75 — tous deux sales, émaciés, pâlis par la misère & le manque d'air, arrachés à leur sol natal, au plein air, à la lumière & transplantés dans les sentines obscures des grandes villes

Enfin, à force de privations & de volonté, le but fut atteint & François, son magot, son argent si péniblement gagné, dans une ceinture de cuir, & sur son cœur les trois ou quatre lettres de Jeanne, dont la dernière lui annonçait en termes vagues son retour au pays, reprit le chemin de la Savoie.

O

Après la longue nuit dans le wagon de 3e classe, où, cahoté & serré, il fut transporté de Paris à Lausanne, il vit enfin apparaître l'immense nappe bleue du Léman, ridée de légères lignes blanches, bordée là-bas des masses sombres & farouches des Alpes du Valais, piquée, par ci par là, de gros papillons qui sont des barques... Une violente émotion prit François à la gorge & deux grosses larmes montèrent à ses yeux.

Il descendit jusqu'à l'embarcadère des bateaux & se renseigna sur l'heure du départ : encore trois quarts-d'heure à attendre ! Après réflexion & discussion avec soi-même, François se permit une petite débauche & se fit servir « demi-pot » à la terrasse d'un petit café d'Ouchy, & s'oublia dans une vague rêverie d'où le tira la cloche appelant les voyageurs au bateau. En un bond, il répondit à l'appel &, sa valise à la main droite & la gauche serrant son petit trésor, il se plaça à l'avant du bateau... Son cœur & ses yeux devançaient la marche rapide de la vapeur. Peu à peu, la rive de Savoie devient plus distincte, les maisons d'Évian grossissent & les détails de la montagne deviennent de plus en plus précis : voici les maisons de Neuvecelle, celles de Milly, le clocher de Saint-Paul.

Évian !... François eut tôt fait de sauter à terre & de prendre d'un pas allègre le chemin bien connu... seul, car personne ne l'attendait à l'arrivée du bateau.

Il reconnut, le cœur débordant de joie, tous ses vieux souvenirs : les maisons séculaires que ses aïeux avaient déjà vues, les bois, les prés, tous les accidents de la Route-Vieille, la Pierre-aux-Ânes, les cinq maisons de Forchex & là-haut, tout là-haut, après le hameau de Pierregrosse, la maison des maîtres de la Jeanne, de vieux amis de ses parents, à lui ..

O

Encore une petite montée & le voici à la porte, ruisselant de sueur, déshabitué des rudes chemins de la montagne Un peu essoufflé, il heurte de sa valise la porte & celle-ci s'ouvre sous la poussée, tandis que le chien gris bondit menaçant, mais reconnaît vite un vieil ami & pousse de petits cris de joie ; derrière, François aperçoit la cuisine où sont attablés le père Vodaz, sa femme & leurs quatre garçons, s'apprêtant à attaquer une solide platée de choux au lard.

– Ah! c'est toi, François, dit le père Vodaz, assieds-toi là & mange un morceau avec nous.

— Salut à la société, dit François, où est la Jeanne ?

— Assieds-toi seulement. Elle n'est pas encore ici, nous en parlerons après, quand tu te seras un peu reposé.

Et François s'avança un escabeau & se mit à puiser à même dans la gargantuesque platée.

La mère Vodaz, incapable de faire attendre plus longtemps les nouvelles. se mit à parler avec de paysannes réticences, pendant que François l'écoutait, cessant de manger & le visage peu à peu envahi par une pâleur de mort.

— Faut se faire une raison, vois-tu, François... Y a pas qu'une fille dans le pays... & maintenant que te voilà riche, tu ne seras pas embarrassé... Dans ces sacrées villes, on ne sait jamais ce que deviennent les filles... Faut penser qu'elle s'y trouve bien, à Lyon, la Jeanne, car il pourrait bien se faire qu'elle y restât.

Et, devant le silence consterné de François, enhardie, elle continua & raconta comment une fille de Vacheresse, la Marie à Vuanat, qu'il connaissait bien pardine! partie en condition à Lyon, avait rencontré la Jeanne dans les environs de la gare de Perrache, faisant les cent pas devant une maison à lanterne rouge.

Quand elle se tut, François se leva comme un fou, sortit, s'élança dans les champs & s'arrêta sur un monticule au bout du pré du père Vodaz & là, éperdu, étouffant, il se jeta à genoux &, sans voix, sans larmes, avec répandues devant lui, ses économies si péniblement acquises, devant la terre natale, cette mère tant aimée, devant les champs, les blés, les bois, les monts &, là-bas, le lac placide & magnifique, devant tous ces témoins fidèles de son enfance, de sa jeunesse, de ses durs labeurs, de ses espoirs, il se prit à haïr ces cinq années d'eau grasse & d'encre d'imprimerie, ces cinq années de souffrance, de privation, de continence, si courageusement subies. Devant la terre maternelle, dans le sein de laquelle dormaient ses aïeux, l'enfant de la montagne, le grand & robuste paysan, le frère des bêtes familières & l'époux de la glèbe, sentit remonter en nausées de dégoût ces cinq années pendant lesquelles il avait courbé sa haute & libre taille sur le baquet-laveur du restaurant & la cuve de potasse de l'imprimerie, dans l'esclavage & l'ordure, les yeux & l'âme fixés sans répit sur l'espoir qui le soutenait dans son martyre...

Et, sans reproches pour la Jeanne, sans plainte sur son amour anéanti, il se mit à pleurer doucement & silencieusement ses peines, ses longues peines, ses peines muettes & patientes, perdues, irrémédiablement perdues! ..

PAGES D'AMOUR

Simple histoire

Le tohu-bohu d'une gare de banlieue, le dimanche, le plus extraordinaire mélange de types divers: ouvriers endimanchés en un drap noir & solennel, avec leurs bourgeoises en couleurs voyantes, traînant des enfants récalcitrants ; snobs de l'un & de l'autre sexe, déguisés en cyclistes ; *artistes* faisant les cafés des environs de Paris, la mandoline ou le violon en un étui vermoulu ; petits rentiers d'aspect prudhommesque venus passer la journée chez les Un-Tel & admirer les essais de culture de l'ami retraité ; collégiens en uniformes trop courts attestant leur croissance rapide & d'où brinqueballent deux grosses mains gourdes & rougeaudes ; cocottes, reconnaissables à leurs cheveux trop roux & à leurs lèvres trop roses, malgré la respectabilité qu'affectent ces dames, les jours de repos & de visites en famille.

C'est au milieu de cette cohue que Réné attendait le train pour Paris, adossé à la balustrade & inattentif à ce qui se passait autour de lui. Il semblait sourire à une pensée secrète & repassait en sa mémoire les évènements de la journée.

Ce matin, en sa gaie chambrette du Quartier-Latin, le soleil avait jeté un regard indiscret à travers les épais rideaux. Madeline venait de s'éveiller & regardait Réné endormi, puis, doucement, de peur de troubler son sommeil, elle dégagea son bras potelé du cou du dormeur. Alors, elle se leva sans bruit & alla regarder l'heure... Bientôt sept heures! &, gracieuse, souriante, les yeux un peu battus des caresses de la nuit, toute rose en sa chemise de batiste, elle s'accouda à la cheminée & se mit à réfléchir : la journée promettait d'être superbe, le temps de s'habiller & l'on partirait pour les bois, on prendrait le tram ou le bateau &, tout joyeux, parmi la foule endimanchée, on partirait pour Meudon, au milieu des couples heureux qui vont boire un peu de soleil, de grand air & d'oubli.

Oui, décidément, on partirait.

Elle s'approcha de Réné & déposa un frais baiser d'amour dans les boucles brunes du dormeur. Il s'éveilla lentement, ouvrit les yeux, prit Madeline dans ses bras & lui rendit son baiser.

— Vois, mon chéri, le beau soleil, fit-elle, en appuyant sa tête blonde sur l'épaule de Réné, qui va conduire sa petite femme à la campagne ?

Réné lui jeta un regard embarrassé :

— Pas moi, ma mignonne, je vais à Chatou...

— Tu ne m'en as rien dit, fit-elle en fixant sur ceux de son amant ses grands yeux bleus remplis d'interrogation.

— Je n'y ai pas pensé... je l'ai oublié, répondit-il comme cherchant à dissimuler sa pensée.

— Oh ! je sais bien, s'écria-t-elle en frappant du pied il y a quelque chose que tu me caches, mais va, je saurai !

En effet, Réné cachait quelque chose à Madeline & c'était à cela qu'il pensait en faisant ses ablutions, pendant que sa maîtresse boudait près de la fenêtre, enveloppée en son peignoir bleu ciel, des lueurs roses dans ses cheveux blonds. Oui, il lui avait caché quelque chose & n'osait même pas lui parler de son oncle & de Chatou, car on projetait de le marier & sa droiture luttait avec la crainte que Madeline devinât le cataclysme qui la menaçait. Sa toilette achevée — un peu plus soignée que de coutume, peut-être — il s'approcha de Madeline sur la pointe du pied &, la jetant en arrière dans ses bras, lui donna un baiser sur le cou ; elle s'éloigna, prête à rire ou à pleurer & dit avec des intonations enfantines dans la voix :

— Où vas-tu ? Je veux le savoir !

— Mais, ma Liline, je vais à Chatou... chez mon

oncle... Si tu ne me crois pas, habille-toi vite & viens m'accompagner à la gare.

Elle se dépêcha de mettre une petite robe légère, de jeter une résille sur ses épaules, un chapeau de paille un peu n'importe où dans ses cheveux &, prenant son ombrelle :

— Venez, vilain cachottier.

Une minute plus tard, ils étaient sur le boulevard Saint-Michel &, dans un rayon de soleil, s'acheminaient vers la gare Saint-Lazare, lui songeur, elle caquetant comme une petite pie, à tout sujet, sur tout ce qui s'offrait à sa vue, peut-être un peu pour chasser un sombre pressentiment qui la hantait : sagace comme toutes les femmes, elle sentait quelque chose d'insolite dans le cœur de son amant &, malgré elle, cette pensée jetait un voile de deuil sur son âme.

Mais voici la gare, toute fourmillante d'une foule flâneuse ou affairée, bourdonnant ce murmure confus des masses avec ses ondulations capricieuses & variées. Saint-Germain & stations, en voitures !.. Et Madeline, se hissant sur la pointe des pieds, regarda Réné jusqu'à tant qu'il eût disparu dans la salle d'attente ; puis, elle rentra chez elle, un peu plus triste & plus préoccupée que d'habitude.

Puis, ç'avait été la journée à Chatou, la présentation à Mlle Claire du Châtel, une superbe créature de vingt ans, à côté de qui on le plaça pour le déjeuner, & l'assaut de son âme par les rêves de fortune que l'hypothèse de son union avec la riche héritière du banquier du Châtel faisaient affluer à son cerveau : la brillante carrière d'avocat riche, qui allait s'ouvrir devant lui lorsque, libéré par la fortune de sa femme & celle qui lui viendrait de son oncle, il pourrait, méprisant les besognes mercenaires, ne plaider que *ses* causes — une fois qu'il aurait pris ses grades. Mais ces rêves se heurtaient à des souvenirs, placés comme des obstacles sur leur route : il entendait le rire franc de sa petite femme, il le voyait, entr'ouvrant ses lèvres roses sur ses blanches quenottes il évoquait sa belle âme intelligente & bonne & son petit cœur plein du seul amour ardent & naïf pour son René.

A partir de ce moment, il ne causa plus, mais réfléchit beaucoup, jusqu'à ce qu'on quittât la salle à manger pour passer au jardin où le café fut servi sous un bosquet, puis au salon. Mlle Claire joua du Chopin avec une agilité de doigts merveilleuse & René lui tourna les pages, un peu ébloui de tout ce brio; mais, comme un écho tenace, il entendait, entre les accords savants, la voix de Madeline chanter — assez faux, il est vrai — la *Chanson des blés d'or*...

Et puis, ç'avait été l'explication avec son oncle les paroles vives & irritées de celui-ci, les siennes mesurées mais décisives, & son départ enfin par le train du soir pour Paris.

Son plan était bien fait. Dès aujourd'hui, il travaillerait de nouveau, il apporterait dans son intérieur le modeste bien-être dû à son travail &, au prix de ce sacrifice, il s'achèterait le bonheur. Son droit, il tâcherait de le faire, comme tant d'autres. à force de veilles & de peines &, s'il échouait, ma foi, tant pis, il demeurerait ouvrier!

Il battait la charge sur la vitre, afin de tromper son impatience &, dans la demi-heure que dura le voyage, son esprit battant les champs ne vit point défiler le panorama familier : la Seine, Rueil en contrebas avec la silhouette sombre du mont Valérien qui se détachait sur le ciel où s allumaient les premières étoiles, les ombres falotes des villas que des fenêtres déjà éclairées tachaient de rouge...

O

Il y avait déjà deux ans à cette époque, que Madeline & René se connaissaient & s'aimaient.

Les parents de René avaient pu sur leur plus que modeste aisance (son père était expéditionnaire dans une banque) prélever de quoi lui donner une instruction secondaire assez soignée; puis, arrêtée par les finances, sa mère l'avait laissé conquérir son parchemin de bachelier avec le droit de s'en servir — en suivant l'exemple paternel; mais alors, en femme sensée, elle avait préféré lui donner un métier : René était graveur.

Son père était mort pendant que l'enfant était au collège, la mère venait de mourir. Il se trouvait à vingt ans seul au monde, son métier en main. Il en prit son parti & devint un bon ouvrier. Chaque matin, exact à son travail, il quittait sa petite chambre d'hôtel, prenait sa tasse de café au lait sous une porte cochère & gagnait la rue d'Aboukir où était son atelier. Le soir, laissant ses camarades courir les cafés, les bals & pis encore, il rentrait chez lui, se couchait &, rapprochant la bougie, il lisait une couple d'heures avant de s'endormir.

Pourtant, il devait à cette époque se déranger un peu de sa sévère conduite : chaque soir, il remarquait une charmante blondine qui suivait le même chemin que lui. Il se renseigna & apprit qu'elle était employée dans un magasin de dentelles, boulevard Montmartre Dès lors, il quitta son travail plus tôt que d'habitude & alla attendre le minois rose à la porte du magasin. Les yeux remplis de jeunesse & d'amour de ces deux enfants se rencontrèrent, ils se parlèrent comme s'ils s étaient toujours connus : il s'appelait René elle avait nom Madeline ; tous deux, ils étaient orphelins, leurs destinées étaient en tout semblables — ils s'aimèrent. Les loyers sont chers à Paris, ils réunirent leurs deux en un seul & une ère nouvelle de joie & de bonheur s'ouvrit pour ces deux déshérités. Puis, un oncle de René, un frère de sa mère, qui avait fait fortune aux Indes bataves & qui avait toujours été dur pour ses

ses parents d'Europe, revint en France ; un peu par curiosité, un peu par remords, il rechercha Réné, le trouva, fut captivé par la bonne grâce & l'intelligence du jeune homme, le laissa faire son droit & résolut de lui léguer son immense fortune. Réné allait tous les quinze jours passer le dimanche chez son oncle, écouter quelques conseils & .. toucher les cent cinquante francs qui lui étaient alloués pour sa quinzaine.

O

Enfin, voici Paris ! Il ne fit qu'un bond du train à l'omnibus qui, de la rue de Rome va à la place Saint-Michel & arriva après vingt mortelles minutes ; il gravit l'escalier d'une seule haleine & ouvrit précipitamment la porte. Madeline était assise près de la fenêtre & lisait d'un air distrait. Elle se leva en sursaut à l'entrée de son amant & s'arrêta, toute étonnée de l'éclat inaccoutumé de son regard, puis se jeta dans les bras qu'il lui ouvrait tout grands. Ils se couvrirent de caresses & de baisers pendant cinq bonnes minutes, puis elle lui dit :

— Tu ne restes donc pas à Chatou aujourd'hui ?

— Non mignonne, & je n'y retournerai plus.

Et, pendant que Madeline lui préparait, selon sa coutume de chaque soir, un verre d eau aromatisée, il s'assit à son bureau & d'un tiroir, il tira ses outils depuis longtemps délaissés, les étala devant lui & resta, rêveur, à les regarder.

— Pourquoi donc faire cela, mon René? demanda Madeline qui revenait, apportant à son amant le verre où fondait un morceau de sucre en l'eau que parfumait le kirsch.

René prit Madeline dans ses bras, la fit asseoir sur ses genoux &, la renversant contre lui, il appuya son adorable tête blonde contre son épaule, & mit des baisers dans les frisettes de ses tempes, en murmurant d'une voix que l'émotion rendait sourde & tremblante :

— Pour graver nos lettres de mariage, ma bien-aimée !

PAGES D'AMOUR

Le Poète

Les rossignols chantaient, ce soir là, dans les palmiers.

Et les scarabées bourdonnaient joyeusement, tandis que les lucioles traversaient l'air, semblables à des étoiles filantes. Bien loin, là-bas où toutes ces lumières brillent à travers l'obscurité, Dendérah s'agite Les chars traversent, rapides, ses voies larges & poudreuses, la foule bruit, mugit, murmure ; les marchands phéniciens atti ent le peuple autour de leurs éta ages ; les équilibristes venus de l'Inde l'émerveillent par leurs péril eux exercices & le vaste brouhaha varie d'intonation selon les caprices du vent ; Dendérah, la grande ville où le roi Rhamsès siège dans toute sa pompe & dans toute sa grandeur, est en fête. Ces grandes masses sombres qui se perdent dans le vague, ce sont les pyramides que les Pharaons élevèrent pour leur servir de tombeaux; ces immenses colonnades, ce sont les temples d'Isis & d'Apis, gigantesques constructions que Rhamsès a tout récemment achevées; la tour formidable qui se dresse au milieu de la ville, c'est le temple d'Elah-Gabalah où chaque soir montent les mages pour observer la lune & les étoiles & consulter les choses du ciel sur le destin des choses de la terre. La lune vient de se lever derrière le palais des rois & dessine de magiques guipures dans les lourdes voûtes & dans les supports des balcons. Le Nil se déroule immense ruban argenté au milieu du merveilleux paysage : à droite s'étendent les riants bocages d'Arakéo-Sâ, à gauche se dressent des croix où des corps hideux achèvent de pourrir, tournés vers le désert, la sauvage liberté.

Et sur le Nil voguait une barque. A l'avant, les rameurs frappaient l'eau avec un bruit cadencé, tandis qu'à l'arrière trois lyres phocéennes & une flûte attique mêlaient leurs sons en harmonieux accords. Au milieu de la barque, une sorte de natte suspendue qu'entouraient de légers rideaux, autant pour écarter les regards que pour chasser les moustiques; sur cette natte, Néférou-Râ se tenait étendue auprès de Nalla-Hatir. Elle, était vêtue de la tunique de pourpre frangée d'or que lui assignait son rang de fille de roi; ses larges yeux, grandis encore par le koheul, se fixaient amoureusement sur les yeux bleus de son compagnon &, à chacun de ses mouvements, les bracelets d'or qu'elle portait aux chevilles & aux poignets tintaient mélodieusement; Nalla portait la robe blanche dont les poètes se revêtaient d'habitude.

— Te voilà donc toute mienne, ô mon adorée! disait le poète, toute mienne! Et Rhamsès, perdu dans les réjouissances de Dendérah ignore qu'en son palais la place de sa fille reste inoccupée.

— Tout à moi! murmura la voix de Néférou-Râ comme un écho affaibli.

— Oh! vois-tu, la première fois que ton père me fit venir devant son trône pour lui chanter mes vers, aussitôt mon regard rencontra le tien, aussi clair qu'une nuit au désert, & je crus que le nébel allait s'échapper de mes mains tremblantes & tout se fit ombre autour de moi : ce fut pour toi que je chantai ce fut à toi que s'adressèrent les vers brûlants qu'improvisait mon amour!...

Néférou ne répondit pas, mais sa main caressa avec amour le front élevé de son amant & ses yeux se plongèrent dans les siens.

— Est-il vrai, dit-elle après un silence, qu'un jour, dans un monde meilleur, mon père ne saura plus contrarier notre amour? Est-il vrai que nous serons à jamais réunis dans le sein de ce dieu dont tu me parlais, de ce dieu tout-aimant que célèbrent tes chants, & qui doit, dis-tu, renverser les idoles de bois & de pierre que nous adorons?

— Tout cela est vrai, ma divine.

— N'est-ce donc pas un crime que douter des paroles des prêtres? Tiens, voici justement Isis qui nous regarde de son œil d'argent.. Crois-tu vraiment qu'elle ne soit pas la bonne déesse?

— Chez les peuples qui vivent sur les bords de la mer occidentale, répondit Nalla, j'ai reçu les leçons des bardes & des druides... Ce croissant que tu nommes Isis, c'est un monde comme celui que nous habitons; ces étoiles, ce sont des soleils semblables au nôtre, autour desquels se meuvent d'autres terres portant d'autres humanités. Partout est la vie éternelle & infinie... L'univers est le champ sans limites où nous mourons pour toujours renaître... Les dieux, ce sont les pâles reflets de l'Incréé, de l'Unique, de Celui qui est, par qui tout est, en qui tout est!...

— Que tu es beau lorsque tu parles de ces choses! Je suis sûre que ton dieu lui-même t'anime de son souffle!... Ah! je t'aime, Nalla, je t'aime!

L'ombre devenait plus épaisse autour d'eux & les esclaves reprirent leur symphonie à l'arrière de la barque qui voguait doucement parmi les iris à moitié ouverts & les lotus aux larges feuilles. Au loin, tout était silence, sauf les murmures toujours plus vagues de la grande cité & la plainte des eaux sous les coups de rame.

— Alors, je puis t'aimer, sans crainte d'être sacrilège, ô mon beau poète?

— Tous les êtres sont sortis égaux de la source de vie, depuis le grain de sable jusqu'au soleil; rien ne vaut que par l'amour & la vérité.

Le front de Néférou-Râ semblait plus sombre & des pleurs voilaient l'éclat de ses yeux.

— Encore nous séparer, ô ma lumière, & toujours ainsi jusqu'à ce que la mort vienne ouvrir nos ailes & nous réunir à jamais !

Nalla pressa sa bien-aimée sur son cœur & leurs lèvres se rencontrèrent... Peu à peu, dans cette étreinte où toute leur vie s'arrêtait en une divine extase, ils se sentirent défaillir & leurs âmes se détachèrent de leur prison de chair & s'élevèrent, suavement, musicalement, dans l'air calme du matin... Les rameurs plus mollement frappaient l'eau qui souriait sous la caresse de la brise au jour que la ligne blanche de l'horizon annonçait déjà, les musiciens modulaient maintenant une hymne nuptiale, sans se douter qu'ils berçaient deux morts.

Et les deux âmes planaient au dessus de la barque, afin de voir les deux corps, amoureusement enlacés, descendre lentement les flots du Nil que le soleil irradiait maintenant de ses premiers feux.

Et — prodige — ce matin-là les rossignols chantaient encore dans les palmiers.

PAGES D'AMOUR

Orientale

N'est-ce pas, Koulouri, qu'il fait bon rêver, le soir ?

Koulouri, la Circassienne, accoudée à son balcon, se livrait à la tiède caresse de la brise tandis qu'Akhim était parti pour le pays des Francs, &, inconsciente, elle laissait errer son regard sur le magique horizon : elle voyait le reflet des étoiles sur la mer, elle entendait les murmures bariolés qui montaient de Stamboul, elle sentait passer sur elle le baiser du zéphyre ; mais tout cela n'était que vaguement ressenti par elle, confondu comme si l'impression eût été reçue par un sens unique, une idée vague des choses que certainement son corps seul se faisait, l'âme plus loin, plus haut...

Depuis longtemps, elle était dans cet état de béatitude négative & le silence se faisait partout, sur la mer & sur la ville, & l'on n'entendait que le muezzin, criant d'une voix monotone les veilles dans sa trompe de bison. Il venait d'annoncer la seizième heure du jour & l'écho répétait en cascades la dernière syllabe, lorsqu'une douce mélodie s'éleva mollement de la rive : c'était une voix grecque, celle d'un Fanariote, sans doute, qui chantait en s'accompagnant sur la guitare ; c'était un doux murmure d'amour qui, tel qu'un flot, venait expirer sous le balcon où Koulouri rêvait toujours.

Voici ce qu'elle entendit :

Je voudrais que ma bouche ardente,
Pour ta bouche, ô ma pâle amante,
Fût un fruit savoureux ;
Et que mes bras qui te retiennent
Sur mon cœur haletant, deviennent
Un hamac langoureux !

Je voudrais que soudain mon âme
S'exhalant en soupirs de flamme,
En longs baisers de feu,
Devînt l'air pur que tu respires,
Et que chacun de tes sourires
Fût un soleil de Dieu !

Je voudrais que tes lèvres roses,
Suaves fleurs fraîches écloses,
Me prissent chaque instant
Et que, par ta bouche ravie,
Avec mon sang coulât ma vie..
Et je mourrais content !

Cependant cette voix la tirait peu à peu de sa rêverie & elle chercha à distinguer dans l'ombre celui qui chantait ainsi : il se tenait appuyé contre le mur voisin, la blanche fustanelle hellénique tombait élégammant autour de sa taille, une chevelure bouclée ondoyait sur ses épaules...

Koulouri, vaincue sans combat, détacha son bracelet d'or qu'avaient ciselé les artistes de Smyrne & le glissa dans la main de l'eunuque chargé de veiller sur elle. Satisfait du présent, il leva les yeux sur l'épouse favorite de son maître, comprit sa volonté & alla ouvrir au chanteur une porte secrète. Puis, laissant seuls les amants, il s'assit sur la rampe d'un balcon surplombant la mer & contempla l'immensité.

Devant lui & sous ses pieds, la Corne-d'Or venait choquer ses vagues avec un clapotement mélancolique, les barques des pêcheurs balançaient mollement sur les flots ; à sa gauche, l'esclave voyait s'étendre la surface claire de la mer où la lune se reflétait en une longue traînée d'argent — afin de cacher la mare de sang chrétien dont l'Islam a empourpré les eaux — &, au-delà de la mer, les maisons blanches de Scutari ; à sa droite, s'élevait en amphithéâtre, Stamboul avec ses minarets, ses toits dorés, ses murs en brique rouge &, au dessus de tout cela, le ciel clair de l'Orient, plus profond, plus riche en étoiles, plus pur qu'aucun autre.

Derrière lui, dans la salle où des jets d'eau parfumée entretenaient une éternelle fraîcheur, ses sens, acquérant une acuité qui leur était inconnue, recevaient une sensation affaiblie des caresses que se prodiguaient les amants étendus sur le divan de Perse, & il se prit à rêver.

Il contempla l'admirable nature. Une ivresse infinie fit tressaillir tout son être, il comprit la profondeur de l'abjection où se vautrait son existence, les effluves d'amour qui remplissaient d'une immense extase & la terre & le ciel, éveillèrent les instincts cachés en son cœur & peu à peu son esprit grossier s'éleva sur l'échelle mystique qui commence à la matière & qui finit en Dieu, jusqu'au moment où il tourna ses yeux remplis de larmes vers l'infini calme & serein.

Alors, dans la fièvre qui martelait ses tempes, il crut voir, voltigeant doucement autour de lui, les djinns, les esprits légers, qui le frôlaient de leurs ailes de rêve & lui murmuraient de vagues paroles : tout renaît au paradis d'Allah, disaient-ils, & dans cette vie meilleure, l'amour plus vif, plus épuré, des régions de la vie, lui tendra, à lui aussi, la coupe mystérieuse où son cœur pourra se désaltérer, où ses lèvres d'esclave mutilé boiront la volupté suprême.

Et le maudit restait là, l'œil fixe, le corps tendu, sa vue troublée semblait suivre une vision à travers la nuit. Ici ! .. là !. . plus près !... plus loin !... C'est une forme vaporeuse, féminine, qui voltige ça & là comme un brouillard léger. Elle s'approche, s'éloigne & s'approche encore, si près que, pensant la saisir, il se dresse, hagard, vers elle. Mais il s'est trop penché... & il est tombé dans le vide, les bras tendus vers sa chimère.

Et le flot se ferma froidement sur lui, rien ne frémit daus l'espace, les vagues balancèrent toujours aussi mollement sur sa tombe, les étoiles regardèrent toujours aussi souriantes vers la terre, les baisers s'échangèrent toujours aussi brûlants sur la couche de Koulouri. Seuls, les djinns vinrent recevoir à la surface des eaux l'âme purifiée de l'esclave qui s'éleva, légère, avec eux dans les espaces constellés.

PAGES D'AMOUR

Rose d'antan

T'en souviens-tu, Miette ?

C'est une bien vieille histoire.

J'avais quinze ans à cette époque — quatorze peut-être — & toute une volière de rêves gazouillant dans mon cœur, plus fort encore quand ils s'éveillaient aux roulades des oiseaux que, libéré de ma prison scolaire, je venais écouter avec ravissement dans les bois, au milieu desquels ma mère avait sa petite campagne.

C'est là que j'eus mon premier amour d'enfant.

Elle était jolie, Miette, avec son teint un peu hâlé, ses grands yeux noirs, ses cheveux bruns qui frisottaient sur son cou souple, sa robuste poitrine où ses rêves de seize ans dansaient au rythme régulier de ses seins fermes comme l'ivoire & sans doute aussi blancs que lui. Elle portait le pain aux clients du voisinage, hardiment montée dans sa carriole qui roulait gaiement au son des grelots du cheval gris. Et moi, je la regardais souvent passer : elle m'apparaissait si belle avec son fichu clair que l'air faisait onduler comme un fanion que taquine le zéphyr, avec son grand tablier bleu, bien bleu, tout neuf, que deux cordons serraient fortement à la taille !

Lui avais-je réellement demandé rendez-vous? Ou n'est-ce pas plutôt par intuition que nous nous rencontrâmes ce doux matin de floréal & les autres encore ?

T'en souviens-tu, Miette?

C'était avant le lever du jour, les voiles de la nuit flottaient encore, légers & vagues, dans l'atmosphère & sur tout planait cette teinte de clair-obscur propre aux fraîches matinées de printemps ; une odeur de nature montait des prés mouillés où les fleurs s'ouvraient — un peu seulement, pour voir s'il faisait bien jour - & moi, j'étais assis à côté de te. sur la banquette, tenant une de tes mains dans les miennes, te disant tout bas de ces mots d'amour — délicieuses rengaines — qui sonnent si bien à l'oreille des jouvencelles, tandis que tu conduisais de ta main libre & que, pour cacher ton trouble si je t'approchais trop, tu criais de ta voix claire :

— Hue, Joli !

Et Joli, émoustillé, trottait comme un hippogriffe sur la grande route embaumée par le rude parfum des bois auquel se mêlait l'odeur saine du pain frais ; un rayon de soleil levant courait le long de la route & mettait des teintes roses en tes cheveux noirs.

Alors, je me laissais aller à la rêverie, je me serrais contre toi, heureux, débordant de la vie qui rayonnait partout autour de moi &, bercé par le balancement de la voiture, je rêvais .. Joli prenait à mes yeux l'aspect de quelque fantastique coursier nageant à travers un ciel où l'aube se levait juste assez pour ne pas éteindre les astres oubliés par la nuit ; tes guides se transformaient en deux fils de la vierge & toi-même, laissant tomber tes vêtements, tu devenais une fée, voilée de gaze & coiffée d'une étoile !...

Oui, c'est comme cela que l'on rêve à quinze ans ! ..

Et, dans le brouillard de mon songe, il se faisait des coins d'azur ; je t'embrassais, Miette, longuement, doucement... sur la joue & quelquefois sur les lèvres... lorsque tu fermais les yeux ; & tu me le rendais, Miette, ce baiser qui faisait tressaillir mes nerfs jusqu'au plus fond de moi-même.

Ah ! c'était l'heureux temps, celui-là, où la naïveté de cet amour sans passion, sans désir, nous suffisait, où l'éternel attrait des sexes nous jetait, ignorants, aux bras l'un de l'autre où le suprême bonheur eût été de chanter quelque sentimentale romance, en grattant une guitare fausse, sous un balcon éternellement désert.

Pourtant je donnerais aujourd'hui Bokhara & Samarkand — comme Hafiz au temps de sa misère — pour me retremper ne fût-ce qu'un instant dans cet océan d'illusions, bercé par la vague du rêve, qui nous portait, chastes comme deux prières, à travers cette atmosphère de chants, de parfums et de rayons !

Puis le soleil montait à l'horizon, l'alouette se taisait, les dernières brumes se dissipaient & les refrains des chemineaux se faisaient entendre autour de nous. Alors nous fermions les yeux tous deux — afin de ne pas nous voir rougir — & nous prenions sur nos lèvres où notre jeune sang flamboyait, un sonore baiser... Puis, ta voiture partait & moi, je restais, jusqu'à ce que le nuage que Joli soulevait sous ses fers eût disparu au tournant du chemin, & je rentrais, joyeux, léger, à la maison, où m'attendait une tasse de lait tout chaud avec une livre de ce bon pain doré & croustillant que tu dépasais à la porte de ma mère.

PAGES D'AMOUR

Ne pas savoir

L'après-midi est superbe. Le ciel, d'un bleu limpide que les hirondelles rayent de lignes sombres & fugitives, s'étend au loin & se fond là-bas avec la ligne de saphir de la mer. Les voiles, blanches mouettes géantes, glissent à la surface unie de l'eau ; au ciel, pas un nuage, sans quoi les deux nappes bleues, calmes & transparentes, sembleraient se refléter l'une dans l'autre.

M le pasteur Hæck s'est éloigné de Trouville, laissant sa femme & ses deux grandes filles sur la plage où les jeunes personnes à marier exposent de savantes académies aux lorgnettes des baigneurs & tâchent de suppléer par l'opulence des formes aux dots souvent maigrelettes, grâce auxquelles elles peuvent s'acheter un mari. M. Hæck a emporté un livre grave, une théologie aux idées étroites & au style étriqué, &, d'un pas lent, comme il convient à un homme respectable, il a gagné une petite éminence qui domine la ville du côté du levant & là, couché dans l'herbe, sous de beaux arbres, il a ouvert son livre & s'est mis à chercher la matière des premiers sermons qu'il fera dès sa rentrée à Paris, car le terme de ses cinq semaines de vacances approche & il va falloir reprendre — j'allais dire : le collier, mais ce terme est bien irrévérencieux pour le saint ministère de M. Hæck.

Il a donc ouvert son livre, bien décidé à y glaner les idées qui pourraient lui faciliter sa tâche ; mais il a beau faire, il ne peut y réussir : voilà déjà cinq fois qu'il relit le même passage sans y comprendre un traître mot : les lettres se brouillent à ses yeux &, après plusieurs essais infructueux, il y renonce & ferme le livre.

Aussi bien, tout n'incite-t-il pas à rêver : la grande surface bleue qui commence à s'émouvoir & à monter à l'assaut du rivage, la brise qui vient le caresser, chargée d'âcres senteurs salines, le parfum des fleurs qui émaillent de leurs taches claires la fraîche prairie où il s'était couché, les chants épars où la grande voix de la mer se mêle au gazouillis des oiseaux, au murmure des feuillages, au cri des mouettes ? Et puis, la Nature n'est-elle pas ouverte devant lui, tel un livre splendide aux merveilleuses illustrations & qui contient plus de belles pages que tous les traités de théologie réunis ?

Mais ce n'est pas à cela que pensait M. Hæck &, tout en s'accusant intérieurement de paresse, il voulait rêver, rêver à tout ce qui passerait dans son esprit & même à rien, si la somnolence venait engourdir sa pensée.

Délibérément, il mit sous sa tête son in-folio recouvert de toile noire &, voluptueusement étendu dans le gazon, il contempla l'admirable spectacle de la mer qui jetait sur les plages les hordes bleues de ses vagues, aboyant furieusement de leurs gueules écumeuses.

Alors son esprit, bercé par l'immense calme ambiant, retourna vers le passé... Et il se revit tout jeune, lorsqu'à la fin de ses classes, il vint de Haguenau à Paris, afin d'y faire ses études de théologie & se préparer à la carrière pastorale qu'une foi un peu étroite, mais sincère, l'engageait à embrasser. Ainsi qu'en un diorama, il vit ses premiers jours dans l'immense ville où il se sentait si seul, si petit, loin de tous ceux qu'il aimait & dont il s'était séparé pour toujours, car il avait mis entre eux & lui la frontière, pour ne pas recevoir d'une bouche allemande la parole divine, & il était venu porter à la France tout son désir de bien faire & de faire bien. Puis, ce furent les décors au milieu desquels s'écoulèrent ses années de Sorbonne : la petite chambre sombre de la rue Saint-Jacques avec ses livres, sa pipe &, sur la cheminée, trois portraits : l'Alsace encadrée de ses deux vieux ; la salle vétuste où il écoutait l'enseignement érudit des maîtres; la crèmerie proprette où, avec un petit groupe d'amis, il prenait son frugal repas; les galeries de l'Odéon, où il allait feuilleter les nouveautés littéraires; par ci, par là — rarement — l'éblouissement du Théâtre-Français ou de l'Opéra; enfin, les beaux ombrages du Luxembourg, l'Orangerie, la perspective majestueuse, le palais du Sénat & le recoin charmant & mystérieux de la fontaine de Médicis...

La fontaine de Médicis! Et subitement ce nom fit naître un aimable tableau dans sa mémoire...

C'était par une délicieuse après-midi de juin, aussi belle que celle-ci. Le jeune élève en théologie, n'y tenant plus dans sa chambre étroite, était parti, ses livres sous le bras, s'installer dans son coin favori du Luxembourg, près du bassin rectangulaire, un peu loin de la fontaine, de façon à pouvoir, lorsqu'il levait les yeux, jeter un regard sur le beau groupe de Polyphème, tout noir, se penchant sur les deux amants tout blancs, enlacés dans la caverne. Il y avait déjà une bonne heure que, baigné par l'air tiède qui se jouait dans les feuilles encore nouvelles, troublé par le pépiement des moineaux, il ne suivait que d'un œil distrait la dissertation de Luther sur la présence réelle, quand, sur le banc même où il était assis, vint prendre place une jeune femme pâle & brune, dont les vêtements de deuil décelaient une décente pauvreté.

Comment se parlèrent-ils ? Comment leurs fraternelles pensées montèrent-elles de leur cœur à leurs lèvres ? Comment se révélèrent-ils leur âme ? M. Hæck n'aurait pu le dire aujourd'hui. Seulement il se rappelait, avec une chaleur délicieuse en lui, cette après-midi passée là, sur ce banc, & ces confidences qu'une mutuelle sympathie avait mises dans la bouche de l'inconnue & dans la sienne. Et il revoyait maintenant son retour chez lui & l'insomnie pendant laquelle se fixaient sur les siens les yeux sombres d'une vision dont la voix grave chantait en sa mémoire. Puis, le lendemain, il esquivait les cours & revenait au Luxembourg, espérant vainement l'apparition chérie ; & ainsi le lendemain encore, jusqu'au jour où, en arrivant dans l'allée mélancolique, il la vit, avec un reflux brusque de tout son sang au cœur, assise sur « leur » banc. Et ce jour-là, ce furent encore d'interminables causeries & l'évocation des souvenirs assoupis ainsi que des espoirs latents ; mais l'aveu qui brûlait les lèvres de l'étudiant ne fut pas prononcé...

Alors, ce furent les inutiles retours au parc, désert pour lui, car celle qu'il cherchait n'y venait plus, les tristes heures de regret où il se reprochait d'avoir retenu l'aile de l'aveu d'amour qui ne demandait qu'à prendre son vol, les marches lentes dans la plainte des feuilles dont octobre jonche les allées ; & le remords de n'avoir demandé ni son nom, ni sa demeure, ni rien qui lui permît de la retrouver...

Depuis vingt-cinq ans, qu'était-elle devenue ? Que de visages de femmes n'avait-il pas sondé, espérant y retrouver quelque chose des traits chéris de celle qui ne fit que passer dans sa vie, mais y laissa une trace ineffaçable ! Et cela était devenu une hantise : tour à tour, il avait frémi de jalousie à la rencontre de quelque heureuse épouse qui était elle peut-être, il avait tressailli devant plus d'un cortège funèbre qui pouvait être le sien, il avait eu des reculs de honte à l'appel de prostituées parmi lesquelles... Mais toujours il avait chassé ces pensées & maintenant, épouvanté de *ne pas savoir*, il aurait tout donné pour une certitude &, laissant sa vue errer sur la mer immense & mobile, il se demandait en quel pays lointain, sous quel climat insoupçonné, vivait celle qui, depuis des années & des années, emportait un lambeau de son âme.

Mais le soleil descendait en des tons de cuivre, de soufre & d'or vers les flots qu'inondait la gamme radieuse du rouge. Avec un grand soupir, M. le pasteur Hæck se remit en route pour Trouville &, levant les yeux au ciel, il se dit que ce qu'il enseignait à ses ouailles était peut-être vrai & que là-haut, il trouverait l'oasis délicieuse où le doute atroce ne le tourmenterait plus.

PAGES D'AMOUR

Table

—

des presses de l'auteur

www.ingramcontent.com/pod-product-compliance
Ingram Content Group UK Ltd.
Pitfield, Milton Keynes, MK11 3LW, UK
UKHW021137230726
13926UKWH00002B/846

9 782013 543583